AF590378

Collection de M. P..., de Lyon

ESTAMPES

ET

DESSINS

DE DIVERSES ÉCOLES

Principalement de l'École française du XVIII[e] siècle

PIÈCES EN NOIR ET EN COULEUR

Vente : les 19, 20, 21 et 23 Mai 1873

M[e] DELBERGUE-CORMONT
COMMISSAIRE-PRISEUR
Rue de Provence, 8.

M. LOIZELET
M[d] D'ESTAMPES
Rue des Beaux-Arts, 12

MAI — 1873

Vve RENOU, MAULDE et COCK

IMPRIMEURS DE LA COMPAGNIE DES COMMISSAIRES-PRISEURS

Rue de Rivoli, 144

CATALOGUE

D'une Collection

D'ESTAMPES

ET

DESSINS

DE DIVERSES ECOLES

Principalement de l'École française du XVIIIe siècle

PIÈCES EN NOIR ET EN COULEUR

PORTRAITS

COMPOSANT LA COLLECTION

DE M. P...., DE LYON

Dont la vente aura lieu

HOTEL DES COMMISSAIRES-PRISEURS, RUE DROUOT

SALLE N° 7, AU PREMIER ÉTAGE

Les 19, 20, 21 et 23 Mai 1873

A UNE HEURE

Me **DELBERGUE-CORMONT**, Commissaire-Priseur,
rue de Provence, 8,
Assisté de **M. LOIZELET**, marchand d'Estampes,
rue des Beaux-Arts, 12.

EXPOSITION PUBLIQUE

Le Dimanche 18 Mai 1873, de une heure à quatre heures.

MAI — 1873

ORDRE DES VACATIONS

L'ordre du catalogue sera suivi.

PREMIÈRE VACATION

Lundi 19 Mai. — Estampes, de .... 1 à 197

DEUXIÈME VACATION

Mardi 20. — Estampes, de .... 198 à 399

TROISIÈME VACATION

Mercredi 21. — Estampes et Dessins, de .... 400 à 590

QUATRIÈME VACATION

Vendredi 23. — Dessins, de .... 591 à 774

CONDITIONS DE LA VENTE

Elle sera faite au comptant.

Les Acquéreurs paieront, en sus du prix d'adjudication, CINQ POUR CENT, applicables aux frais.

M. LOIZELET, dirigeant la vente, se charge des Commissions.

DÉSIGNATION

DES

ESTAMPES

1 **Aldegrever** (Henri). L'Histoire de Loth (B. 14-17). Suite de quatre Estampes. Belles épr.

2 — La Parabole du bon Samaritain. 2 pièces. — L'Amour du prochain. — Trois Musiciens qui donnent du cor. 4 pièces.

3 **Alix** (P.-M.). Michu. Superbe épr. En couleur.

4 — P. L. Dubus-Préville. Superbe épr. En couleur.

5 — Baptiste aîné. Superbe épr. En couleur.

6 — F. M. Arouet de Voltaire. Superbe épr. En couleur.

7 — J. B. Poquelin de Molière. Superbe épr. En couleur.

8 — Mme Saint-Aubin. Superbe épr. En couleur.

9 — Mlle Maillard. Superbe ép. En couleur.

10 **Allemand** (Hector). Paysages à l'eau-forte, d'un grand effet. 6 pièces.

11 **Amman** (Josse). Prince de Bavière et son épouse (B. 9). Très-belle épr.

12 **Aubry**. Le Mariage rompu, par Delaunay. Très-belle épr.

13 — Correction maternelle, par De Longueil. Très-belle épr.

14 **Audouin** (P.). Jupiter et Antiope, d'après Antonio Allegri (dit le Corrège). Très-belle épr.

15 **Audran** (Jean). Antoine Coyzevox, d'après H. Rigaud. Très-belle épr.

16 **Audran** (Benoît). Jean-Baptiste Colbert, d'après C. le Febvre. Très-belle épr.

17 **Baléchou** (J.). Jacob-Gabriel Grillot, d'après Autreau; in-fol. Belle épr.

18 — Charles Rollin, d'après C. Coypel. Très-belle épr.

19 — Sainte Géneviève, patronne de Paris, d'après C. Vanloo. Très-belle épr. Avant que le jupon n'ait été rallongé.

20 **Baroche** (Frédéric). Saint François dans la chapelle (B. 4). Très-belle épr.

21 **Baron** (J.), artiste lyonnais. Paysages à l'eau-forte. 6 pièces. Très-belles épr.

22 **Bartolozzi**. Le duc et la duchesse de Malborough, d'après Shelley. Très-belle épr. En couleur.

23 — William Pitt, d'après Copley. Belle épr.

24 **Baudouin**. Le Coucher de la mariée, par Moreau et Simonet. Très-belle épr. de cette charmante composition.

25 — L'attention dangereuse, par Choffard. Très-belle épr.

26 — La Soirée des Tuileries, par Simonnet. Très-belle épr.

27 — Rose et Colas, par Simonet. Très-belle épr.

28 **Béatrizet** (Nic.). Jésus-Christ délivrant les ancêtres des Limbes (B. 22). Très-belle épr. du 1er état. Avant l'adresse de Lafrery.

29 **Beauvarlet**. Le comte d'Artois enfant et sa Sœur (Madame), sur une chèvre, d'après Drouais. Très-belle épr.

30 — Lecture espagnole, d'après C. Vanloo. Très-belle épr. Manque de conservation.

31 — La Bascule. — Le Colin-Maillard, d'après Fr. Boucher. Épreuves d'eau-forte. Grandes marges.

32 — La double surprise, d'après G. Dow. — Télémaque dans l'île de Calypso, d'après Raoux. 2 pièces.

33 **Béga** (Corneille). Le Fumeur. — Le Buveur. — La Mère et le Mari ; la Femme portant un panier sur la tête, etc. 10 pièces. Très-belles épr.

34 **Béham** (H. Sébald.). Saint Pierre et saint Paul (B. 37). Saint Philippe et saint Jacques le Majeur (B. 38). Saint Antoine et saint Thomas (B. 39). Trois pièces. Très-belles épr.

35 — Les travaux d'Hercule (B. 96, 99, 101 et 102). 4 pièces. Très-belles épr.

36 — La Fortune contraire (B. 141). Très-belle épr.

37 — La Mélancolie (B. 144). Très-belle épr.

38 — Le Départ de l'enfant prodigue (B. 31). Trajan (B. 82). Jeune femme accompagnée de la mort (B. 149). 4 pièces.

39 — Saturne (B. 114). Le Soleil (B. 117). La Femme couchée, vue par le dos (B. 215). 3 pièces. Belles épr.

40 — Jésus-Christ porté au tombeau (B. 91). Quatre têtes d'hommes chauves (B. 144). 3 pièces sur bois.

41 **Belle** (Steph. de La). Marines et Sujets militaires. 8 pièces.

42 **Bénard**. La reconnaissance du Berger, par Danzel. Très-belle ép.

43 **Bérain** (Jean). Trumeau représentant Amphitrite; 1re ép. de la suite. Très-belle ép.

44 **Beretta** (Giuseppe). La Madeleine couchée, d'après Le Corrége. Très-belle ép. avant la lettre.

45 **Berghem** (Nicolas). Le Pâtre jouant du flageolet (B. 6). Le Ruisseau traversé (B. 12). 2 pièces; très-belles ép.

46 **Blœmart** (Corneille). Méléagre faisant présent à Atalante de la tête du sanglier de Calydon, d'après P.-P. Rubens. Très-belle ép.

47 **Blootelingh** (A.). Laurentius Homma. Très-belle ép., avec les signatures de *P. Mariette* et *Fr. Debois*, au verso.

48 **Blot** (Mme) La Vierge aux candélabres, d'après Raphaël. Très-belle ép.

49 **Boily** (Dessiné et gravé par Ch.) Montgolfière la Gustave, aérostat construit par M. Fleurant, qui l'a monté le 4 juin 1784, avec Mme Tible. Pièce intéressante.

50 **Boissieu** (Jean-Jacques De). Son portrait, vu de face. Très-belle ép. du 2e état avant que le portrait en profil de la femme du graveur n'ait été remplacé par un paysage.

51 — Les Moines au chœur chantant l'office (R. 6.). Très-belle ép. sur chine.

52 — Les Joueurs de boules (Rigal 10). Très-belle ép. sur chine.

53 — Intérieur de ferme (R. 13). — Le Maître d'école (R. 14). 2 pièces en pendant. Très-belles ép.

54 — La Leçon de botanique (R. 20). Très-belle ép.

55 — Fête champêtre (R. 21). Très-belle ép. du 2e état.

56 — Vieillard jouant du hautbois, en présence de deux paysans (R. 27). Ép. du 1er état, avant les travaux à la roulette.

57 — Vue du passage du Garigliano, en Italie (R. 31). Très-belle ép.

58 — *Vue du Temple du Soleil* (R. 32). Belle ép. du 3e état

59 — *Vue d'aqua-pendente, sur la route de Sienne, à Rome* (R. 33). Belle ép. du 1er état.

60 — Vue du temple de Vesta (R. 34). Très-belle ép. du 2e état.

61 — La même éprreuve sur chine. Très-belle ép.

62 — *Vue du Sépulcre de Cécilia Metella* (R. 35). Très-belle ép. du 1er état, avant que le bas de la marge n'ait été nettoyé. Rare.

63 — La même pièce, la marge nettoyée.

64 — *Vue du pont Lucano, sur la route de Rome à Tivoli* (R. 36). Belle ép. du 4e état.

65 — Vue de l'Arbresle, en Lyonnais (R. 40). Sup. ép. du 1er état, avant le trait carré supérieur régularisé : il ne va pas jusqu'à l'angle gauche. Extrêmement rare.

66 — *Vue du Château de Madrid* (R. 44). Très-belle ép. du 1er état avant l'adresse: *A Mannheim, chez Dom Artaria.*

67 — Deux Hommes au bord d'une rivière d'où ils viennent de retirer un noyé (R. 57). Très-belle ép., tirée avant que l'angle du bas, à gauche, n'ait été arrondi.

68 — Des Villageois se reposant au coin d'un bois (R. 59). Très-belle ép.

69 — Paysage avec ruines d'un ancien temple, au milieu sur le devant, un bateau où sont plusieurs personnes et deux vaches (R. 64). Très-belle ép.

70 — Entrée de Forêt (R. 72). Très-belle épr. du 1er état, avant l'astérisque et avant que la marque de l'étau, à la droite du haut n'ait été effacée.

71 — Les petites Laveuses (R. 82). Très-belle et 1re ép., avant que la morsure de l'étau au bas de la gauche, n'ait été effacée.

72 — La Digue rompue, d'ap. Asselin Craesbèke (R. 133). Très-belle ép. du 1er état, avant les travaux à la roulette.

73 — Le Moulin à eau, d'ap. J. Ruysdael (R. 135). Très-belle ép.

74 — Un Pâtre et un taureau traversant une rivière (R. 138). Très-belle ép.

75 — Le Repos des faucheurs (R. 130). Belle ép. du 3e état.

76 — Pâtre jouant du flageolet, près d'une bergère qui garde des chèvres, d'ap. Claude Lorrain (R. 142). Très-belle ép. sur chine.

77 **Boizot** (Mlle-Adélaïde). Le Château de cartes, d'après Drouais. Très-belle ép.

78 **Bolswert** (S. A.). Le Retour des champs, grand paysage en travers, d'ap. Rubens. Tres-belle ép.

79 **Bonasone** (Jules). Scipion blessé (B. 81). Homme vu par le dos, tenant une tête de mort (B. 336). Rare, 2 pièces. Très belles ép.

80 **Bonasone** (D'ap.). La Coupe de Pharaon trouvée dans le sac de Benjamin. Copie par le Maître au monogr. A. O. V (B. 6).

81 **Bonnet** (Louis). Costumes de femmes à la sanguine, fac-simile d'un dessin de Watteau.

82 **Bosse** (Abraham). L'Enfant prodigue (D. 34-39). Suite de 6 pièces, belles épr.; elles manquent de condition.

83 — La Parabole du mauvais Riche et de Lazare (D. 40-42). Suite de 3 pièces, très-belles ép.

84 — Les Œuvres de Miséricorde (D. 50-56). Suite de 7 pièces, très-belles ép. du 1er état; le numéro 50 a une déchirure.

85 — Les Sens (D. 1071-1075). Suite de 5 estampes, très-belles ép.

86 — Les Chevaliers et Officiers de l'Ordre du Saint-Esprit (D. 1207-1210). Suite de 4 pièces, très-belles ép., le titre manque.

87 — La Fortune de la France (D. 1227). Très-belle épr.

88 — Louis XIII sous la figure d'Hercule (D. 1241). Belle ép. du 3e état, l'adresse de Leblond remplacée par celle de F. L. D. Ciartres; non décrit par M. Duplessis.

89 — L'Infirmerie de l'hospital de la Charité de Paris (D. 1266). Très-belle ép.

90 — Le Mariage à la ville (D. 1374-1379). Suite de 6 pièces, très-belles ép.

91 — Le Mariage à la campagne (D. 1380-1382). Suite de 3 estampes, *le numéro 1381* manque. 2 pièces.

92 — Le Mari qui bat sa femme, et la femme qui bat son mari (D. 1383-1384). 2 pièces, très-belles ép.

93 — Graveurs en taille-douce, au burin et à l'eau-forte (D. 1387). Les imprimeurs (D. 1388). 2 pièces, très-belles ép.

94 — La Saignée (D. 1391). Sup. ép.

95 — Le Clystère (D. 1392). Sup. ép.

96 — L'Étude du Procureur (D. 1393). Sup. ép.

97 — Les Femmes à table en l'absence de leurs maris (D. 1399). Très-belle ép.

98 — Le Bal (D. 14000). Sup. ép. *avant la lettre*. Elle est un peu déchirée dans le coin du bas, à gauche.

99 **Boucher** (François). Les Charmes de la vie champêtre, par Daullé. Très-belle ép., manque de condition.

100 — Sylvie délivrée par Aminte, par R. Gaillard. Très-belle ép.

101 — Pan et Syrinx, par P. Martenasie, Très-belle ép.

102 — L'Adoration des Bergers, par St. Fessard. Épreuve d'eau-forte.

103 — L'Amour ranime Aminte dans les bras de Sylvie. Sylvie guérit Philis de la piqûre d'une abeille, par Lempereur. 2 pièces en pendant. *Superbes ép. avant toutes lettres.*

104 — Les Amusements de l'hiver, par Daullé. Très-belle ép.

105 — Le Berger récompensé, par Gaillard. Très-belle ép. Manque de fraîcheur.

106 — Le Panier mystérieux, par Gaillard. Très-belle ép.

107 — Les Saisons, par Aveline. Suite de 4 pièce, sujets d'enfants, en hauteur.

107 *bis* — Vénus sur les eaux, par Moitte. Très-belle ép. Encadré.

108 **Bounieu**. La Bouteille cassée, par le C. de L... Très-belle ép.

109 **Bourdon** (Sébastien). Fuites en Égypte. 6 compositions diverses.

110 **Bourdon** (D'ap. Séb.). L'Hermitage, paysage avec figures, par J. Prou. Sup. ép.

111 **Browne** (Henriette). Frère et Sœur. Eau-forte originale. Très-belle ép.

111 *bis* — Turcs assis et causant, d'après Bida. Très-belle ép.

112 **Browne** (D'ap. H.). Intérieur d'un harem au Caire.

113 **Browne** (John). Paysage avec un clair de lune, d'ap. Rubens. Très-belle ép. avant la lettre.

114 **Bruyn** (Nic. de). Assemblée de dieux et de déesses dans un jardin. Très-grand in-fol. en largeur. Sup. ép.

115 — Daniel III. Même dimension. Sup. ép.

116 — Jugement de Pâris, même dimension. Sup. ép.

117 **Calamatta** (L.). Portrait du comte Cavour, d'après Masuti. Très-belle ép. avant la lettre.

118 — Comte Molé, d'après Ingres. Très-belle ép. (Encadrée),

119 **Callot** (Jacques). Jean-Dominique Peri, dit *le Jardinier* (M. 433). Très-belle ép. d'un portrait rare.

120 — La grande Foire de Florence, copie par Salomon Savri. Très-belle ép. du 1er état, avant l'adresse de Cl. de Jonge.

121 — Les Supplices (M. 665). Très-belle ép. du 2e état.

122 — Saint-Nicolas (M. 140). Les Bailli ou Cucurucu (M. 641-664), suite de 25 pièces. — La Tentation de Saint-Antoine, copie par La Fosse. 27 pièces.

123 **Canot** (Ph.). Le Maître de danse, par J.-Ph. Le Bas. Très-belle ép.

124 **Caraglio** (J.-J.). Cérès (B. 37). Hercule (B. 38). 2 pièces.

125 **Carmona** (Man. Salvador). François Boucher, d'ap. Roslin Suédois. In-fol. Belle ép.

126 **Caron** (Ad.). La Duchesse de Berry et ses deux enfants, d'après Gérard. Très-belle ép. avant la lettre.

127 **Carrache** (Augustin). Saint Jérôme à genoux (B. 75). Très-belle ép. Le titre coupé.

128 — Enée sauvant Anchise, d'après Fr. Baroche (B. 110).

129 **Cars** (Laurent). Sébastien Bourdon, d'ap. H. Rigaud. In-fol. Très-belle ép.

130 **Castiglione** (B.). La Résurrection de Lazare. — La Mélancolie. — Petites Têtes d'hommes. — Fête au dieu Pan. 7 pièces, très-belles ép.

131 **Cathelin** (L.-J.). Joseph Vernet, d'ap. L.-M. Vanloo. In-fol. Très-belle ép.

132 **Caylus** (Le comte de). Le Jugement dernier, d'ap. Titien. — La Lanterne magique, d'ap. Bouchardon. — Pastorales, d'ap. Gillot et Watteau. 5 pièces.

133 **Chardin** (J.-B.-S.). *Simple dans mes plaisirs...*, par C.-N. Cochin. — *Sans souci, sans chagrin...*, par Lépicié. 2 pièces. Très-belles ép.

134 — La bonne Éducation. — Étude du Dessin, par Le Bas. 2 pièces en pendant. Très-belles ép.

135 — Le Garçon cabaretier, par C.-N. Cochin. Très-belle ép.

136 — Le Négligé ou toilette du matin, par Le Bas. Très-belle ép.

137 **Chatillon** (H.-G.). Saint Michel terrassant le démon, d'ap. Raphaël. Très-belle ép. avant la lettre.

138 **Clément** (A.). La Charrette égyptienne. — Le Jeune Dessinateur. — Abyssinienne. — F. Fellah. Photographies par Bingham, 4 pièces.

139 **Clint** (George) William Pitt, d'ap. Jean Hoppner. Très-belle ép.

140 **Collaert** (Jean). Les Planètes, suite de 7 estampes, d'ap. Jean Stradan. Très-belles ép.

141 **Copia**. Le Chat désiré. — Le Nid de Fauvettes, d'ap. Isabey et Devosge. 2 pièces en pendant. Très-belles ép.

142 **Cossin** (L.). Valentin Conrard, d'ap. C. Le Fèvre. In-4. Très-belles ép.

143 **Curtis** (J.) Louis XVI et Marie-Antoinette, d'ap. Boze et Dufroc. 2 portraits in-fol., en couleur.

144 **Cuyp** (Albert). Les Vaches. Suite de 6 pièces. Très-belles ép.

145 **Dado** dit *le Maître au Dé*. Saint Pierre déclaré chef de l'Église, d'ap. Raphaël (B. 11). Sup. ép.

146 — Sainte Madeleine (B. 13). Sup. ép.

147 — L'Envie chassée du temple des Muses, d'ap. B. Peruzzi (B. 17). 1re ép. avant la retouche. La même, avec la retouche. 2 pièces.

148 — Daphné embrassant le fleuve Pennée, son père (B. 20). 2 ép., une le titre coupé. Apollon poursuivant Daphné (B. 21), d'ap. Jules Romain. 3 pièces. Très-belles ép.

149 — Sacrifice de Priape (B. 27), Très-belle ép.

150 — Apollon et Marsyas, d'ap. Raphaël (B. 31). 1re et sup. ép. avant l'adresse de Thomassin.

151 — Vénus se plaignant à Jupiter (B. 56). Proserpine donne à Psyché la boîte remplie de beauté (B. 65), le titre coupé. 2 pièces de l'histoire de Psyché.

152 **Dalen** (Corneille Van). Pierre Arétin. — Jean Boccace. — Georges Barbarelli. — Sébastien del Piombo, d'après le Titien. 4 portraits, rares, et superbes ép. du premier état, avant la lettre.

153 **Danckerts** (Danckert). Paysages avec figures et Animaux, d'aprés Nic. Berghem. Suite de 10 pièces. Très-belle ép.

154 **Daullé** (Jean). Louis XV, d'après J. B. Lemoine. — Jacques F. de Chastenet de Puységur, d'après R. Tournière. 2 portraits.

155 **Daullé** (J). H. Rigaud, d'après lui-même, peignant le portrait de sa femme. Très-belle ép.

156 **David** (François). César Gabriel de Choiseul, Duc de Praslin ; d'après Roslin. Belle ép.

157 **Debucourt.** Le Compliment ou la Matinée du jour de l'an. Superbe ép. En couleur

158 — D'après Vernet. Rencontre d'officiers anglais. — Le Cosaque galant. 2 pièces. Très-belles ép. coloriées.

159 — La bonne d'enfants en promenade. Très-belle ép. coloriée.

160 — La Marchande de saucisses. Très-belle ép. coloriée.

161 — La Marchande d'eau-de-vie. Très-belle ép. coloriée.

162 **Decker** (D'après P.) Compositions pour plafonds. 2 pièces.

163 **Dé Marcenay**. L'amour fixé, d'après Ch. Lebrun. Marine, d'après J. Vernet. 2 pièces.

164 — La Dame aux perles. — Le *Vieillard à la toque*. Très-belles ép. du 1er état. 2 pièces.

165 — La Dame à la plume. — Le *Vieillard à la toque*, d'après Rembrandt etc. 4 pièces.

166 — Le Maréchal de Villars. Très-belle ép. avant toute lettre.

167 — Têtes et Paysages. 9 pièces.

168 **Demarteau**. Vénus couronnée par les amours. Vénus désarmée par les amours. 2 pièces aux deux crayons, d'après Boucher. Très-belles ép.

169 — Jupiter et Léda. Jeunes bergères au bain, d'après Boucher, à la sanguine. 2 pièces en pendant, très-belles ép.

170 — La petite Laitière, d'après J. B. Huët, à la sanguine. Très-belle ép.

171 — La Justice protège les arts. — Hautbois de Dragons. — Le Port. 3 pièces.

172 — Femme nue assise sur le bord d'un lit, elle tient des fleurs dans une draperie. Très-belle ép. à la sanguine.

173 **Demarteau** et **Guyot**. Arabesques et frises d'après Huët et Guyot. 4 pièces au bistre et à la sanguine.

174 **Denon** (Vivant). Estampes d'après Paul Véronèse. Le Guerchin, etc. 3 pièces.

175 **Desnoyers**. (Aug. Boucher). La Vierge à la chaise, d'après Raphaël. Très-belle ép.

176 — Charles Maurice de Talleyrand-Périgord, d'après F. Gérard. Très-belle ép. (Encadrée).

177 — Bélisaire, d'après F. Gérard. Superbe ép.

178 **De Son** (Nic). La noce de village (M. 1133). Les apprêts du bal champêtre (1434). La fuite en éngypte (1438). Le petit pont en avant du château (1439), etc. 6 paysages.

179 **Desportes** (F). Chasse au Loup, par Joullain. Très-belle ép.

180 **Dien**. Choiseul Gouffier. d'après Boilly. Très-belle ép. avant la lettre.

181 **Diétricy**. Le Satyre chez le paysan. — Le Charlatan. — Le Concert, etc. 7 pièces.

182 — L'Enfant prodigue chez le fermier. Très-belle ép.

183 **Divers**. La Caffarelle, par Ossenbeck. — Allégorie par J. Mariette. — Saint Martin par Corn. Schut, etc. 8 pièces.

184 — Le Joueur de cornemuse, par Téniers. — Emblème par P. Voieriot. — La Vierge et l'Enfant, par Corn Schut, etc. 5 pièces.

185 — Jésus-Christ au Jardin des Oliviers, par P. Drevet d'après Restout; Saint-Bernard, d'après C. Maratte, etc. 4 pièces.

186 — La surprise du vin, d'après Le Nain; Hercule et Omphale, d'après Cafe; Le triomphe de Vénus, d'après A. Coypel; Alexandre vainqueur de soi-même, d'après Flinck. 4 pièces.

187 — Les Amusements de l'hiver, d'après A. V. Velde. — Le concert vocal, d'après Téniers. etc. 3 pièces.

188 — Louis XIV, in-8, par Edelinck; Louis d'Orléans, par Wiérix; etc. 6 portraits.

189 — Les quatre Saisons d'après Van Goyen, et autres paysages par Walebet, Pèrignon, S. Gessner, Weirotter, etc. 14 pièces.

190 — Paysages et sujets divers, par et d'après Lefèvre, Palma, Pordenone An. Carrache, P. Bril, Storer. 6 pièces.

191 — Paysages et Animaux, Stoop, Swanevelt, Both. 10 pièces.

192 — Paysages, Animaux et Marines, d'après Boucher, P. Potter, Loutherbourg, Huët, etc. 9 pièces.

193 — Vues d'Italie, par Canaletti, Marieschi. etc. 6 pièces.

194 — Paysages et Animaux. 6 pièces.

195 — Sainte Famille, d'après Nic. Poussin. — Regulus, par Sal. Rosa, et autres. 4 pièces.

196 **Dixon**. Le Doreur de Rembrandt, d'apres Rembrandt. Très-belle ép. avant la lettre.

197 **Dossier**. Jean-Baptiste Colbert, d'après H. Rigaud. Très-belle ép.

198 **Drevet** (P.) Samuel Bernard; d'après H. Rigaud. Très-belle ép. du 1er état, avant *Conseiller d'Etat*.

199 — Le même portrait, avec *Conseiller d'Etat*.

200 — Jacob Bénigne Bossuet, d'après H. Rigaud. Très-belle ép. avant les points à la suite du mot *pinxit*.

201 — Le même portrait. Très-belle ép. du 3e état.

202 — Louis-Alexandre de Bourbon, comte de Toulouse, amiral de France; d'après H. Rigaud. Superbe épr.

203. — Louise-Adélaïde d'Orléans, abbesse de Chelles; d'après Gobert. Très-belle ép.

204 — Adrienne Lecouvreur, d'après Ch. Coypel, Superbe ép.

205 — Louis-Auguste, prince de Dombes, d'après F. de Troy. Très-belle épr.

206 — Guillaume Cardinal Dubois, d'après H. Rigaud. Très-belle ép.

207 — Le même portrait. Très-belle ép.

208 — Le même portrait.

209 — De la Mothe Fénélon, d'après J. Vivien, in-4. Très-belle ép. d'un portrait rare.

210 — André-Hercule cardinal de Fleury; d'après H. Rigaud. Belle ép.

211 — Maria Serre, d'après H. Rigaud. Très-belle ép.

212 — Louis-Hector, duc de Villars ; d'après H. Rigaud. Très-belle ép. du 3e état.

213 **Drevet** (Claude). Guillaume de Vintimille, d'après H. Rigaud. ép. Superbe.

214 **Duchange**. Charles de La Fosse, d'après H. Rigaud. In-fol.. belle ép.

215 **Duflos** (Cl.). Portrait de Séb. Leclerc. in-4. Très-belle ép.

216 **Dujàrdin** (Carle). Les Mulets, (B. 2). Le Bouvier et les trois Bœufs (B. 22). L'Ane entre deux moutons (B. 32). 4 pièces, très-belles ép.

217 — Les quatre Moutons (B. 14). L'Ane entre deux moutons (B. 32). Très-belle ép. Avant que la planche n'ait été réduite. La même pièce. la Planche réduite. Le troupeau de Moutons et Chèvres (B. 33), 4 pièces.

218 **Dupont** (Henriquel). Ary-Schelfer, d'après L. Benouville. Très-belle ép.

219 **Durer** (Albert). La Passion de Jésus-Christ (B. 3-18). Suite de 16 estampes, épreuves superbes.

220 — La Vierge avec l'enfant Jésus emmailloté (B. 38). Belle épr.

221 — La Vierge assise au pied d'une muraille (B. 40). Très-belle ép. *Quelques restaurations.*

222 — La Vierge au singe (B. 42). Très-belle ép.

223 — Saint Eustache ou saint-Hubert (B. 57). Ancienne et bonne ép.

224 — L'Enlèvement d'Amymone (B. 71). Très-belle ép.

225 — L'effet de la Jalousie (B. 73.). Très-belle ép. *Tirée sur papier à la haute couronne.*

226 — La Mélancolie (B. 74). Bonne ép.

227 — La grande Fortune (B. 77). Très-belle ép. Manque de conservation.

228 — L'Hôtesse et le Cuisinier (B. 84). Bonne ép.

229 — Deux pièces de la Passion (B. 18 et 31). La Vierge assise, tenant l'enfant Jésus qui feuillette un livre. (B. 102). 4 pièces sur bois, très-belles ép.

230 **Du Sart** (Corneille). Le Cordonnier renommé (B. 14). Très-belle ép.

231 — Le Violon assis (B. 15). Belle ép.

232 — La Fête de Village (B. 16). Très-belle et 1re ép., avant les coulures d'eau-forte.

233 **Dyck** (Ant. Van.). Le Christ au roseau. Belle ép. du 7e état.

234 — Pierre Breugel, — Didier Érasme, — Josse de Monper, — François Snyders, — Lucas Vorsterman, Guillaume de Vos. 6 portraits.

235 **Dyck** (D'ap. Van). Marguerite de Lorraine, par S. A. Bolswert. — Marie-Marguerite de Barlemont, comtesse d'Egmont. Belle ép. du 1er état, avant que l'adresse de J. Meyssens n'ait été effacée. 2 pièces.

236 — Ant. Van-Dyck, par Neefs. Belle ép.

237 — Charles II, roi d'Angleterre, par Hollar. Très-belle ép.

238 — Pierre-Paul Rubens, par W. Hollar. Très-belle ép.

239 — Paul Halmalius, — Corneille Poelenburg, — Jacob Jordaens, par Pierre de Jode. 3 portraits.

240 — Emmanuel Frockas, — Corneille Van der Geest, Balthazar Gerberius. 3 portraits par Paul Pontius.

241 — Jacques de Cachiopin, — Gaston de France, duc d'Orléans, — Isabelle-Claire-Eugénie, par Lucas Vorsterman. 3 portraits.

242 **Ecole** flamande. Portrait d'homme à mi-corps, tenant une guitare de la main droite et une corbeille de fleurs sous le bras gauche. Très-belle ép.

243 **Écoles** flamande et hollandaise. La Résurrection de Lazare par Blœmart. — L'Esprit de Dieu, porté sur les eaux avant la création du monde; par J. Muller d'ap. Goltzius. — Décollation de saint Paul, par Sadeler, etc., 4 pièces.

244 **École Française** du XVIIe siècle, d'ap. Paul Véronèse, Lesueur, Jouvenet, Simon Vouet, etc. 7 pièces.

245 **Écoles** française et italienne. Estampes par et d'ap. Lebrun, L. de la Hyre, Panneels, P. Testa, etc. 9 pièces.

246 **Edelinck** (G.) Combat de quatre cavaliers, d'ap. Léonard de Vinci (R. D. 44). Très-belle ép. du 2e état.

247 — Jean-Paul Bignon. d'ap. Cath. de la Roue (R. D. 151). Très-belle ép. du 3e état.

248 — Philippe de Champagne, d'ap. lui-même. (R. D. 164). Très-belle ép.

249 — Jacob-Bénigne Bossuet, d'ap. H. Rigaud (R. D. 156). Très-belle ép. du 1er état.

250 — Charles Colbert, marquis de Croissy (R. P. 175). Belle ép.

251 — René Descartes, d'après Franc-Hals (R. D. 181). Belle épr. du 1er état.

252 — Pierre de Montarsis, amateur des beaux-arts. (R. D. 27). Superbe épr. du 1er état.

253 — Jean de La Fontaine, (R. D. 230). — François Pithou (298). 2 portraits belles épr.

254 — Jean-Baptiste Colbert, marquis de Seignelay. (R. D. 318).

255. — Edouard Colbert, marquis de Villacerf. (R. D. 336 Très-belle épr.

256 **Eisen** (D'après). L'accord du Mariage. épr. d'eau-forte. Très-belle condition.

257 **Everdingen** (Albert Van). Paysage de forme ronde (B. 4). La butte (B. 100). 2 pièces.

258 **Fessard** (Steph.). Le duc de Choiseul, d'après L. M. Vanloo. Très-belle épr.

259 **Ficquet** (Etienne). Henri Van Balen. — Adrien Brauwer. — Gaspard de Crayer. — Th. Rombouts. — Rubens. — Jean Vildeas. 6 portraits, très-belles épr. Avant l'impression du texte au verso.

260 — Pierre Corneille, d'après Ch. Lebrun. Belle épr.

261 — René Descartes, d'après F. Hals. Très-belle épr.

262 — Jean de La Fontaine, d'après Rigaud. Très-belle épr. avec le *ruisseau blanc*.

263 — De La Mothe Le Vayer, d'après Nanteuil. Tres-belle épr.

264 — Mme de Maintenon. — J.-J. Rousseau. — Cicéron. 3 portraits très-belles épr.

265 — Arouet de Voltaire, d'après de La Tour. — Pierre Corneille, d'après Lebrun, 2 portraits.

266 **Fragonard** (Honoré). Les hasards heureux de l'escarpolette, par Delaunay. Superbe et rare épr. avant la dédicace.

267 — La fuite à dessein, par Macret et Couché. Très-belles épr.

268 — L'éducation fait tout. Les Beignets, par Delaunay, 2 pièces en pendant. Très-belles épr.

269 — Le petit prédicateur, par N. De Launay. Très-belle épr.

270 — La cachette découverte, par Delaunay. — Les jets d'eau, par Auvray. 2 pièces.

271 — Immolation de Corésus, par J. Danzel. Très-belle épr.

272 **Freudeberg** (S.). La complaisance maternelle, par N. De Launay.

273 — Lison dormait, par P. Trière. Très-belle épr.

274 — La gaîté sans embarras, par Delaunay. Très-belle épr.

275 **Fritzsch**. Fréderic II, roi de Prusse, d'après Pesne. Buste fort comme nature. Très-belle ép.

276 **Gaillard** (R.). François Castanier, d'après H. Rigaud, in-fol. Très-belle ép.

277 **Gaillard**. Chateaubriand, d'après Girodet. Très-belle ép. (Encadrée).

278 **Galle** (Corneille). Le sacrifice d'Abraham, d'après P. P. Rubens. Très-belle ép.

279 **Gandolfi** (M.). Sainte-Cécile, d'après G. Gandolfi. — Sainte-Marie, d'après Le Guide. 2 pièces.

280 **Gellée** (Claude). Le Bouvier (R. D. 4). Belle ép. du 3e état.

281 — Le dessinateur, (R. D. 9). Belle ép.

282 — Le port de mer au fanal (R. D. 11). Bonne ép. du 2e état.

283 — Le départ pour les champs (R. D. 16). Belle ép.

284 **Gelée** (F.). Daphnis et Chloé, d'après Hersent. Très-belle ép. avant la lettre.

285 **Ghigi**, **Giudetti**, **Mochetti**. Les angles de la Chapelle sixtine, d'après Raphaël. 4 pièces.

286 **Ghisi** (Georges). La visitation, d'après Salviati (B. 1). Superbe ép.

287 — Apollon, Neptune, Pluton et Pallas (B. 51). Angélique et Médor (B. 62). 2 pièces, belles ép.

288 **Glairon-Mondet.** La conversation flamande, d'après Jean Le Duc. Très-belle ép.

289 **Goltzius** (Henri). Six sujets tirés du Nouveau Testament, morceaux dits *les chefs-d'œuvre de Goltzius.* Suite de 6 estampes, très-belles ép.

290 — Le chien de Goltzius (B. 190). Bonne ép.

291 **Goltzius** (D'ap.). Les 4 parties du jour, par Sænredam. Suite de 4 pièces. Très-belles ép.

292 **Goya** (François). Isabelle de Bourbon, reine d'Espagne, d'ap. Vélasquez. Très-belle ép.

293 **Greuze** (J.-B.). Le Bénédicité. Sup. ép. avant toutes lettres.

294 — L'Accordée de village, par Flipart. Très-belle ép. avec les signatures du peintre et du graveur, au verso.

295 — Les Premières Leçons de l'Amour, par Voyez l'aîné. Très-belle ép.

296 — Le Geste napolitain, par P.-E. Moitte. Très-belle ép.

297 — Le Doux Regard de Colin. — Le Doux Regard de Colette, par Dennel. 2 pièces en pendant Très-belles ép.

298 **Hollar** (Wenzel). La Publication de la paix entre l'Espagne et la Hollande, devant la maison de Ville d'Anvers. Très-belle ép. du 1er état, avant l'adresse de *F. v. Vngaœrde.*

299 — Les Saisons, suite de 4 pièces. Très-belles ép.

300 — François Van Den Wyngarde. — Jeune Femme coiffée d'un chapeau orné de plumes, d'ap. Holbein. 3 pièces.

301 **Houbraken**. André-Hercule, cardinal de Fleury, d'ap. Autreau. Très-belle ép.

302 **Hubert**. E.-C. Fréron, d'ap. Ch.-N. Cochin, in-8, Très-belle ép.

303 **Ingouf, Levêque, Niger**. Lorry, — Mme de Graffigny. — Louis Racine. — Joly de Fleury. — Gilbert de Voysins. 5 portraits in-4.

304 **Jeaurat**. Enlèvement de Police, par Cl. Duflos. Ép. d'eau-forte, très-avancée.

305 — Pierre Puget, d'ap. son fils. Très-belle ép.

306 **Jones** (Jean). William Pitt. Très-belle ép., à la manière noire.

307 **Joullain** François Desportes, d'ap. lui-même. In-fol. Très-belle ép.

308 **Jubier**. Offrande à l'Espérance, d'ap. Huët. Très-belle ép. en couleur.

309 — L'Arrivée de la Fermière, d'ap. Huët. Très-belle ép. en couleur.

310 **Kauffman** (Ang.) et **Cipriani**. Une Fleur peinte par Varelst. — Le Bain, par Lucien, à la sanguine. — La Beauté sacrifiant aux Grâces, par Lucien, d'ap. Reynolds, à la sanguine. 3 pièces.

311 **Kilian** (Lucas). Quatre Têtes de mort, et un Enfant vu en racourci, d'ap. Barth. Béham.

312 **Krauss**. Le Raccomodeur de faïences. — Le Chaudronnier, par de Braigne. 2 pièces en pendant. Très-belles ép.

313 **Lancret** (Nic.). Les Saisons, par B. Audran, G. Scotin, N. Tardieu et J.-P. Le Bas. Suite de 4 pièces. Sup. ép. avec marge.

314 — Le Concert pastoral, par Joullain. Très-belle ép.

214 *bis* — Les Oies d frère Philippe, par de Larmessin. Très-belle ép.

315 — Partie de plaisir, par Moitte. Belle ép.

316 **Lasne** (Michel) et C. **David** Courtisanes du règne de Louis XIII. 20 portraits en buste, gr. in-4. *Leblond et Mariette, éditeurs.*

317 — Courtisanes de différents pays. 15 pièces.

318 — Margot. — L'Isabelle. — Marotte. — La Bavolette. Suite de 4 pièces.

319 — Coridon. — Sylvie. 2 pièces en pendant.

320 — Sainte Catherine et sainte Madeleine. 2 pièces.

321 — Les deux Buveurs. — L'Arbalétrier. — Le Juif-Errant. 4 pièces.

322 **Laune** (Ch.-Ét. de), dit Stéphanus. Diane et Actéon. — 3 sujets de la fable, et autre. 5 pièces.

323 **Lawrince** (D'ap.). Les Grâces parisiennes au bois de Vincennes. — Les trois Sœurs au parc de Saint-Cloud, par Chapuy, 2 pièces. Sup. ép. en couleur.

324 — Qu'en dit l'Abbé ? par N. De Launay. Très-belle ép.

325 **Le Beau**. Madame la marquise de Pompadour, d'ap. Quéverdo. In-8, très-belle ép.

326 — Marie-Antoinette. In-8, très-belle ép.

327 **Lebrun** (D'ap. Ch.). La Tente de Darius, par Audran. — L'Amour puni par Pallas et Junon, à l'issue du jugement de Pâris, par Demarcenay, etc. 7 pièces.

328 **Leclerc** (Sébastien). Renouvellement d'alliance entre la France et les Suisses, fait dans l'église Notre-Dame de Paris, par le roi Louis XV, le 28 novembre 1663. Tapisserie d'ap. Ch. Lebrun. Très-belle ép.

329 — Tapisseries représentant les éléments et les saisons, d'ap. Ch. Lebrun. 8 pièces.

330 — Cérémonie de la prestation de serment de fidélité entre les mains du Roy. — Le Siége de la ville de Bouchain, 2 pièces.

331 — Estampes pour l'ordre des Mathurins. 6 pièces.

332 **Lefèvre** (Achille). Portrait de Casimir Périer, d'ap Hersent. Très-belle ép., avant la lettre.

333 **Lemoine.** Allégorie sur Louis XV, par L. Cars. Gr. in-fol. Très-belle ép.

334 **Lempereur** (Lud.). L'Attente du plaisir, d'ap. An. Carrache. Très-belle ép.

335 — Étienne Jaurat, d'ap. Al. Roslin. In-fol. Très-belle ép.

336 **Léonardès** (Giac.). Mascarade, d'ap. Tiépolo. Très-belle ép.

337 **Lépicié** (Bernard). Nicolas Bertin, d'ap. De Lien. In-fol. Très-belle ép.

338 — Charlotte Desmares. Très-belle ép.

339 **Leprince** (J.-B). Le Médecin clairvoyant. — Le Marchand de lunettes, par Helman. 2 pièces en pendant. Très-belles ép. *avant la dédicace.*

340 — La Précaution inutile. Très-belle ép.

341 **Leu** (Thomas de). Portrait de Henri IV, dans un ovale, au milieu de figures et d'attributs allégoriques, d'ap. Fournier. Sup. ép. *Collection H. Dreux.*

342 **Levachez**, d'ap. Carle Vernet. Oh ! c'est bien ça. Très-belle ép. d'une pièce intéressante pour les costumes.

343 **Leyde** (Luc de) et autres maîtres de l'École allemande. Joseph vendu par ses frères. — La création d'Ève. — Jésus couronné d'épines, etc. 10 pièces.

344 **Lignon** (F.). Le duc de Richelieu, d'ap. Lawrence. Très-belle ép.

345 **Lithographies** et Gravures, par Aubry-Lecomte, H. Bellangé, Godfrey. etc. 4 pièces.

346 **Livens** (Jean). Buste d'un Oriental (Cl. 19). Très-belle ép.

347 **Marin** (L.) Les Plaisirs de l'éducation. Très-belle ép. Couleur et or.

348 **Martinet** (Achille). Étienne Denis, duc Pasquier, d'ap. Horace Vernet. Très-belle ép. (encadrée).

349 **Martini** (P.-A.). Exposition au salon du Louvre, en 1787. Très-belle ép. avec marge.

350 **Massard**. Adam et Ève, d'ap. Cignani, grand in-fol. Belle épr.

351 **Mauperché** (H.). Le Repos en Égypte, Tobie et l'Ange, et autres paysages par Morin et Manglard. 5 pièces.

352 **Mellan** (Claude). Saint Jérôme. — Le Christ couronné d'épines, etc. 4 pièces,

353 **Mercury** (P.) Françoise d'Aubigné, marquise de Maintenon, d'ap. Petitot. Très-belle épr. avec l'entourage.

353 *bis* — Sainte Amélie, d'après P. Delaroche. Très-belle ép.

354 **Metzmacher.** La Vierge au Linge, d'ap. Raphaël. Très-belle épr. sur chine.

355 **Meulen** (Van der). L'Armée du prince d'Orange défaite devant Mont-Cassel. — Siége et prise de Saint-Omer, par Bonnart, — Chasse au Cerf, par Bauduius et autres. 4 pièces.

356 — Paysages. 6 pièces.

357 **Miger**. La Nymphe Io changée en vache, d'ap. Halle. Très-belle ép.

358 **Mignard**. Grande bacchanale en travers, d'ap. A. Carr. Très-belle ép. du 1er état, avec l'adresse de Leblond.

359 **Monnet** (D'ap.). Les principales Journées de la Révolution française, par Helman. Suite de 15 estampes, les planches 7-9-14 et 15 manquent. 11 pièces.

360 **Moreau** (J. M.). La bonne Éducation. — La Paix du Ménage, d'ap. Greuze, 2 pièces. Très-belles ép.

361 **Morghen** (Raphaël). Le Dante. Très-belle ép. avant toutes lettres.

362 — François de Moncada à cheval, d'ap. Ant. Van Dyck. Très-belle ép.

363 — Le Temps faisant danser les Saisons, d'ap. Nic. Poussin. Belle ép.

364 **Morin** (Jean). Anne d'Autriche, d'ap. Ph. Champaigne (R. D. 41). Très-belle ép.

365 — Jean-Paul de Gondy, d'ap. Ph. Champaigne (R. D. 54). Très-belle ép.

366 — Corneille Jansénius. Très-belle ép. du 1er état (R. D. 61).

367 — Louis XIII, d'ap. Ph. Champaigne (R. D. 64). Très-belle ép.

368 — Armand du Plessis, cardinal de Richelieu, d'ap. Ph. Champaigne (R. D. 62). Très-belle ép.

369 — Omer Talon, d'ap. Ph. Champaigne (R. D. 74). Épreuve superbe.

370 — Jacob Augustin de Thou, d'ap. Ferdinand (R. D. 79). Trés-belle ép.

371 **Masson** (Ant.). Pierre Dupuis, d'ap. N. Mignard.

372 **Nanteuil** (Robert). Jacques Amelot. Très-belle ép. du 1er état. Rare (R. D. 19).

373 — Armand de Pomponne, buste fort comme nature (R. D. 24). Très-belle ép. du 3e état.

374 — Pompone de Bellièvre, d'ap. Ch. Lebrun (R. D. 37). Très-belle ép. du 1er état.

375 — Emmanuel Théodose de la Tour d'Auvergne, cardinal de Bouillon. Buste fort comme nature. (R. D. 53). Sup. ép. du 1er état.

376 — Jean-Baptiste Colbert, d'ap. Champaigne (R. D. 71). Très-belle ép. du 3e état.

377 — Jean-Baptiste Colbert, d'ap. Champaigne (R. D. 72). Superbe ép. du 1er état.

378 — Jean-Baptiste Colbert, buste fort comme nature (R. D. 74). Belle ép. du 5e état.

379 — Jacques Nicolas Colbert, buste fort comme nature (R. D. 77). Très-belle ép. du 2e état.

380 — Messire Nicolas Foucquet (R. D. 98). Très-belle ép. du 2e état. Rare.

381 — Messire Nicolas Foucquet (R. D. 98). Très-belle ép.

382 — Pierre Jeannin (R. D. 112). Très-belle ép.

383 — Michel Le Tellier (R. D. 132). Belle ép.

384 — Michel Le Tellier, buste fort comme nature (R. D. 137). Très-belle ép. du 2e état.

385 — Charles Maurice Le Tellier, buste fort comme nature (R. D. 142). Très-belle ép.

386 — Henri-Auguste de Loménie de Brienne. (R. D. 148).

387 — Jean Loret (R. D. 150). Superbe ép. du 2e état, avant la virgule à la suite du nom : Loret.

388 — Louis XIV, buste fort comme nature (R. D. 162). Belle ép. du 10e état.

389 — Michel de Marolles (R. D. 171). Très-belle ép. du 1er état.

390 — Édouard Molé (R. D. 193). Très-belle ép.

391 — Guillaume de Lamoignon (R. D. 119). Henri d'Orléans, duc de Longueville (149). Fr. Théodore de Nesmond (201). 3 portraits.

392 — Philippe, fils de France, duc d'Orléans (Monsieur). Buste fort comme nature (R. D. 208). Superbe ép. du 1er état.

393 — Hardouin de Péréfixe (R. D. 214). Très-belle ép. du 2e état.

394 — Hardouin de Péréfixe de Beaumont, buste fort comme nature (R. D. 214). Superbe et très-rare ép. du 1er état.

395 — Armand du Plessis, duc de Richelieu, d'ap. Champaigne (R. D. 218). Superbe ép. du 1er état.

396 — Henri de La Tour d'Auvergne, vicomte de Turenne, buste fort comme nature (R. D. 233). Belle ép. du 4e état.

397 — Pierre du Cambout, cardinal de Coislin, buste fort comme nature (R. D. 3 *de l'appendice*). Très-belle ép.

398 — Jean Le Camus, buste fort comme nature (R. D. 4 *de l'appendice*). Très-belle et rare ep. du 2e état.

399 — François Michel Le Tellier, marquis de Louvois, buste fort comme nature (R. D. 6 *de l'appendice*). Sup. et très-rare ép. du 1er état.

400 **Ostade** (Adrien Van). Le Fumeur riant (B. 6). Paysan sonnant du cor (B. 7). Le Fumeur à la fenêtre (B. 10). La Mère et les deux Enfants (B. 14). La Cruche vide (B. 15). 5 pièces, anciennes ép.

401 — L'École (B. 17). Homme et Femme marchant ensemble (B. 24). Le Fumeur et le Buveur (B. 24 A). Le Marchand de lunettes (B. 29). La Fileuse (B. 31). 5 pièces, anciennes ép.

402 — Le Peintre (B. 32). Les Musiciens ambulants (B 38). 2 ép. Paysan payant son écot (B. 42). Le Violon et le petit Veilleur (B. 45). 2 ép. 6 pièces, anciennes ép.

403 — La Famille (B. 46). Très-belle ép. du 3e état.

404 — La Danse au cabaret (B. 49). Très-belle ép. du 4e état.

405 **Pannier et Laugier**. Portraits de Gérard Dow, Van-Dyck et Rubens. 3 pièces avant la lettre.

405 *bis* — Gérard Dow. — Ph. de Champagne. 2 portraits avant la lettre. Encadrés.

406 **Parocel** (C.). Rencontre de cavalerie, l'épée à la main, par Ph. Lebas. Très-belle ép.

407 **Pencz** (Georges) et Aldegrever, Marc Curce (B. 75). Lucrèce frappée de mort (B. 79). Titus Manlius (B. 73). 3 pièces.

408 — La Géométrie. — La Réthorique. — L'Astrologie, etc. 6 pièces.

409 **Petit**. Joachim-François-Bernard Potier, d'après L. M. Vanloo. Très-belle ép.

410 — Jean-Frédéric Phelypeaux, en pied, d'après Vanloo. Très-belle ép.

411 — Voyer de Paulmy, comte d'Argenson. — Réné Louis de Voyer, marquis d'Argenson. 2 portraits.

412 **Piranèse et Rossini**. Vues de l'intérieur du Panthéon et de l'Arc de Septime Sévère. 3 pièces.

413 **Pitau** (Nic.). Pierre Séguier, chancelier de France, d'après Plate Montagne. Buste fort comme nature. Belle ép.

414 **Pitteri** (Marcus) Portrait de Mme de Pompadour. Buste fort comme nature. Très-belle ép.

415 **Poilly** (Nic.). Guillaume de Lamoignon, premier Président du Parlement de Paris, d'après Ch. Le Brun. Buste fort comme nature. Très-belle ép.

416 — Louis, dauphin de France, enfant, fils de Louis XIV. Buste fort comme nature. Très-belle ép.

417 — Le même personnage, plus âgé. Buste fort comme nature. Très-belle ép.

418 — Marie-Thérèse, infante d'Espagne, reine de France. Buste fort comme nature. Très-belle ép.

419 — Michel Le Tellier. Très-belle ép.

420 **Poilly** (F.). Jules Mazarin, cardinal; d'après P. Mignard. Très-belle ép.

421 **Pollet**. Alfred de Musset, d'après Ch. Landelle. Très-belle ép.

422 **Porporati**. Erminie et le Berger. — Clorinde et Tancrède, d'après C. Vanloo. 2 pièces en pendant. Belles ép.

423 — Vénus qui carresse l'Amour, d'après Pompé Battoni. Très-belle ép.

424 **Portraits** de Marc-Ant. D'Apchon, par Vangelisty. — Camille Perrichon, par Seraucourt. — Ant. Furetière, par Thomassin. — Blaise Pascal, par Edelinck. — Jean-Baptiste Oudry, etc. 6 pièces.

425 **Portraits** par divers. Marie-Stuart. — Marie-Antoinette à la Conciergerie. — Louis XVIII, etc. 6 pièces.

426 **Poussin** (D'après Nic.). Le Ravissement de saint Paul, par Natalis. — Le même sujet, par G. Chasteau. — Vénus armant son fils, par Loir. — L'Enlèvement des Sabines, par J. Audran. — Le Jugement d'Hercule, par R. Strange. — Le Lavement des pieds, par Cl. Stella. 6 pièces.

427 **Quéverdo**. Les Baigneuses champêtres. — Les Amours du bocage. 2 pièces en pendant. Très-belles ép.

428 **Raimondi** (Marc-Antoine). Notre-Dame à l'escalier, d'après Raphaël (B. 45). Très-belle ép.

429 — Le jeune et le vieux Bacchant (B. 294). La Cassolette (B. 489). 2 pièces.

430 — Trajan entre dans la ville de Rome et la Victoire. (B. 361). Très-belle ép. manque de condition.

431 — Copies, d'après Durer des Estampes sur bois de la vie de la Vierge. 7 pièces, dont une double.

432 **Rembrandt** (Paul). Rembrandt au bonnet, ornée d'une plume (B. 20. Cl. 20.). Belle ép.

433 — Portrait de Rembrandt aux cheveux courts et frisés (B. 26. Cl. 26).

434 — La Nativité (B. 45. — Cl. 49). Belle épr..

435 — Présentation au Temple. (B. 49. — Cl. 53). Belle ép. de 3e état.

436 — Sainte-Famille (B. 63. — Cl. 67). Belle ép.

437 — Jésus-Christ prêchant ou la petite tombe (B. 67.— Cl. 71). Belle ép.

438 — La même pièce. Bonne ép.

439 — Le Retour de l'Enfant-Prodigue (B. 90. — Cl. 95). Bonne ep.

440 — La Mort de la Vierge (B. 99. — Cl. 102). Très-belle ép.

441 — La même estampe. Belle ép. Manque de condition.

442 — La même pièce, copie en contre-partie, par De Non. Très-belle ép.

443 — Saint Jérôme (B. 100. — Cl. 103). Très-belle ép.

444 — Saint Jérôme à genoux (B. 102. — Cl. 105).

445 — Saint Jérôme (B. 105. — Cl. 108). Epreuve tirée avant que l'effet n'ait été changé.

446 — La Médée ou le Mariage de Jason et de Creuse (B. 112. — Cl. 114). Belle ép. du 3e état.

447 — Trois Figures orientales (B. 118. — Cl. 120). Très-belle ép. du 2e état.

448 — Les Musiciens ambulants (B. 119. — Cl. 121). Très-belle ép.

449 — Le petit Orfèvre (B. 123. — Cl. 125). Belle ép.

450 — La faiseuse de Kouks (B. 124. — Cl. 126). Très-belle ép.

451 — Synagogue des Juifs (B. 126. — Cl. 128). Très-belle ép.

452 — Le Persan (B. 152. — Cl. 149).

453 — Portrait de Faustus (B. 270. — Cl. 267). Belle ép.

454 — Jean Lutma. (B. 276. — Cl. 273). Belle ép.

455 — Utenbogeard, dit le peseur d'or (B. 281. — Cl. 278). Belle ép. du 3e état. — La copie en contre-partie. 2 pièces.

456 — Vieillard à grande barbe (B. 290. — Cl. 287). Belle ép.

457 — Vieillard à grande barbe (B. 291. — Cl. 288). Très-belle ép.

458 — Trois têtes de femmes. (B. 367. — Cl. 357). Superbe ép.

459 — Son Portrait. — Le Christ en croix. — Le Denier de César, etc. 6 pièces, originales et copies.

460 **Ribéra** (Joseph). Silène (B. 13). Très-belle ép. du 1er état.

461 **Richomme** (J.-T.). Adam et Eve, d'après Raphaël. Très-belle ép.

462 — Neptune et Amphrite, d'après Jules Romain. Très-belle ép.

463 **Roos** (Henri). Les Moutons près de la haie (B. 20). Les Chèvres et les Chevreaux (B. 22). Sur papier à la folie. 2 pièces. Très-belles ép.

464 **Rosaspina** (J.). Cupidon, par Ant. Franceschinii.

465 — Thétis, d'après Alex. Varolart. Très-belle ép. Lettre grise.

466 **Roullet**. Le Maréchal de Luxembourg, in-8 obl. Très-belle ép.

467 **Rubens** (Pierre-Paul). Sénèque. — Silène ivre. — Le Christ et la Madeleine. — Saint Laurent, etc. 11 pièces par divers graveurs.

468 **Saint-Aubin** (Aug. De). Au moins soyez discret.— Comptez sur mes serments. 2 pièces en pendant. Très-belles ép.

469 — Henri Linguet. Très-belle ép.

470 — Necker, d'après Duplessis-Bertaux. in-8. — Le Kain, d'après S. B. Le Noir, in-fol. 2 portraits. Très-belles ép.

471 **Saint-Non.** Intérieur de ferme, d'après Fragonard, à l'aquatinte. Très-belle ép.

472 **Savart** (Pierre). Colbert (Barrière de Fontarabie).— Richelieu, de Fontenelle. 3 portraits. Très-belles ép.

473 **Savery** (Salomon). La grande foire de Florence, copie en contre-partie de l'estampe de Callot (M. 624). Très-belle ép. du 1er état. Avant l'adresse de Cl. de Jonge.

474 **Schmidt** (G.-F.). J.-B. Rousseau, d'après J. Aved. in-4 Belle ép.

475 — Jean Bernoulli, d'après Rüber. Très-belle ép.

476 — Maurice Quentin de la Tour, d'après lui-même. Très-belle ép.

477 **Schongauer** (Martin). L'Annonciation (B. 3). Bonne ép. Plusieurs restaurations.

478 **Sherwin**. William Pitt. Très-belle ép.

479 **Silvestre** (Israël). Vues de Paris. 9 pièces.

480 **Simonneau** (Louis). Martin de Charmois, conseiller d'État, d'après Bourdon. Très-belle ép.

481 **Steen** (Fr. Vanden) Le duc et la duchesse de Brabant, d'après P.-P. Rubens. Très-belle ép.

482 **Strange** (Robert). Charles Ier en pied, d'après Ant. Van Dyck ; in-fol. Très-belle ép.

483 **Suyderhoef** (Jonas), Publication de la paix de Munster, d'après Ger. Terburch. Très-belle ép. d'une pièce rare.

484 **Swanevelt** (Herman Van). L'Histoire d'Adonis (B. 101-106). Suite de 6 pièces. Belles ép.

485 **Tardieu** (Jac.-Nic.) Bon de Boullongne, d'après Gilles Allou ; in-fol. Très-belle ép.

486 **Taunay**. La Rixe. — Le Tambourin, par Descourtis. 2 pièces, ép. superbes. En couleur.

487 **Téniers** (David). Le Paysan galant (R. 13). Réunion de buveurs et de fumeurs devant la porte d'un cabaret (R. 40). La Mère et son Mari, par Béga (B. 30). Paysan allumant sa pipe par Brauwer etc. 5 pièces.

488 **Téniers** (D'après D.). Le mauvais riche. Très-belle ép. avant toutes lettres.

489 **Terburg**. La Soucieuse Hollandaise, par Gaillard.

490 **Thomassin**. Le cardinal Fleury, d'après Autreau. Très-belle ép. Encadrée.

491 **Toschi** (P.). Le comte de Cazes, d'après F. Gérard. Très-belle ép.

492 **Troost** (C.) Les Noces de Clorus et Rosette, par P. Tanjé. Le Vielleux, par Houbraken. 2 pièces. Très-belles ép.

493 **Trouvain** (Antoine). Réné-Antoine Houasse, d'après Tortebat; in-fol. Très-belle ép.

494 **Turner** (Ch.). George Canning, d'après Th. Lawrence. Très-belle ép.

495 **Vangelisti**. Charles Gravier, comte de Vergennes, d'après Callet. Très-belle ép.

496 — Le duc de Choiseul. Très-belle ép.

497 **Velde** (Adrien Van). Les deux Vaches et le Mouton. (B. 4). Le Cheval (B. 7). Les Chèvres (B. 10). 3 pièces. Belles ép.

498 — La Vache et les deux Moutons au pied d'un arbre (B 11). Superbe ép.

499 — Les deux Vaches au pied d'un arbre (B. 13). Superbe ép.

500 — La Brebis (B. 14). Superbe ép.

501 — Les deux Moutons (B. 15). Superbe ép.

502 **Vermeulen** (C.). Nicolas Vander Borcht, d'après Van-Dyck. Très-belle ép.

503 **Vernet** (D'après Joseph). Vue de Prosilippe, près de Naples, par R. Daudet, avant la dédicace. — Les Dangers de la mer, avant la dédicace. — Naufrage, par Avril. 3 pièces; très-belles ép.

504 — Deux Vues des ports de France, par Duret. Superbes ép. avant la lettre.

505 **Vico** (Énée). La Vierge assise, soutenant l'Enfant-Jésus debout sur un coussin (B. 5). La Dispute des Muses et des Filles de Piérus sur le Parnasse (B. 28). 2 pièces; très-belles ép.

506 **Visscher** (Corneille de). Vondel, célèbre poète hollandais (B. 15). Très-belle ép. du 3e état.

507 **Visscher** (Jean de). Portraits de Jean et de Corneille de Wit. Superbe ép.

508 — Paysages avec figures, d'après Berghem. 2 pièces; très-belles ép.

509 **Visscher** (Corneille et Nicolas). Intérieur où sont neuf personnages autour d'une cheminée, d'après Ostade. — La Danse au cabaret, d'après Nic-Berghem. — La Bohémienne. 3 pièces.

510 **Vivarès** (Francis). Grand Sacrifice annuel au temple d'Apollon, d'après Claude le Lorrain. Très-belle ép.

511 **Vlieger** (Simon de). Les deux Levriers (B. 12). Très-belle ép.

512 **Vliet** (J.-G. van). Le Toucher (Cl. 48). Le Tonnelier (Cl. 48). L'Arracheur de dents (Cl. 53). 3 pièces; belles ép.

513 **Volpato** (Joh.). Noces de Cana, d'après le Tintoret. — Le Lavement des pieds, d'après P. Véronèse. — Le Christ au jardin des Oliviers, d'après le Corrége, et autre. 4 pièces.

514 — Le Repos en Égypte, d'après Claude Gellée. Très-belle ép.

515 — Le Rémouleur. — Les Chiens savants, d'après Maggiotto, etc. 4 pièces.

516 **Vorsterman** (Lucas). Thomas Howard, d'après H. Holbein. Très-belle ép. du 1er état, avec deux lignes de titre seulement.

517 **Voyez** (Le jeune). Le duc de Choiseul, d'après Bonnieu. Très-belle ép.

518 **Waterloo** (Ant.). Le Retour du Pêcheur (B. 7). Les deux Ermites (B. 47). Le Voyageur près du bois (B. 53). — L'Arbre cru de biais (B. 58). Le Village sur la colline (B. 92). Vénus et Adonis (B. 192). 6 pièces.

519 **Watteau** (Ant.). Spectacle français, par Dupin. Très-belle ép.

520 — Bon Voyage, par Crépy fils. Très-belle ép.

521 — L'Amante inquiète, par Aveline. Très-belle ép.

522 — Mézetin, par B. Audran. Très-belle ép. Marge.

523 — La Danse paysanne, par B. Audran.

524 — L'Assemblée galante, par J.-Ph. Lebas. Très-belle ép.

525 — Comédiens français, par Liotard. Très-belle ép.

526 — Les Amusements de Cythère, par Surugue. Très-belle ép.

527 — L'Embarquement pour l'île de Cythère, par Tardieu. Superbe ép. Marge.

528 — Comédiens français, eau-forte, par le comte de Caylus. Très-belle ép.

529 — Le Bal champêtre, par J. Couché. Très-belle ép.

530 **Werff** (D'après Wander). Charles Ier, roi d'Angleterre, par B. Audran. — Henriette-Marie de France, par C. Simonneau. 2 portraits.

531 — Jacques Ier. — Elisabeth. Très-belle ép. 2 portraits.

532 **Wille** (J.-G.). L'instruction paternelle, d'après Terburg. Très-belle ép.

533 — Repos de la Vierge, d'après Dietricy. Très-belle ép.

534 — Les Musiciens ambulants, d'après Diétricy. Très-belle ép.

535 — Charles, prince de Galles, d'après Louis Tocqué; in-fol. Très-belle ép.

536 — Portrait de Tycho Hofman, gentilhomme danois (L. B. 163). Très-belle ép. d'un 1er état non décrit.

537 — Jean-Baptiste Massé, d'après L. Tocqué. Ép. collée en plein.— François-Louis-Anne de Neufville, d'après Jean Chevalier. 2 portraits in-fol.

538 — Louis Phélypeaux, comte de Saint-Florentin, d'après L. Tocqué. Très-belle ép.

539 **Wille** (P.-A.) Les Conseils maternels, par Lempereur. Très-belle ép.

540 **Woollett** (William). Diane et Actéon, d'après Filippo Lauri. Très-belle ép.

541 — Rubens, d'après van Dyck. Très-belle ép.

542 **Wouvermans** (P.). Le Marchand de Mitridate. — Quartier du rafraîchissement. — Le Colombier du maréchal. — La Boutique du maréchal, par J. Moyreau. 4 pièces, très-belles ép.

543 **Wyck** (Thomas). La Tour ronde (B. 7). Les Matelots occupes sur le rivage (B. 17). Le Pont (B. 19). 3 pièces; très-belles ép.

544 **Zagel** (Martin). Lueur et Obscurité (B. 21). Ancienne épreuve.

DESIGNATION

DES

DESSINS

545 **Anonyme** de l'école flamande. La danse sous les arbres. A l'encre de Chine.

546 — Pêcheurs au bord de la mer. Aquarelle.

547 — Bateaux en mer par un temps orageux. A la plume, lavé d'encre de Chine.

548 **Anonyme** de l'école italienne. La Visitation. A la plume, lavé de bistre, sur papier bleu, rehaussé de blanc.

549 — La pêche miraculeuse, A l'encre de Chine.

550 — Le triomphe de Jules César. Sanguine.

551 — Trois évangélistes. Sanguine.

552 **Backhuysen.** Combat naval. Beau dessin à la plume, lavé d'encre de Chine.

553 **Baroche** (Frédéric). Un pape sur son trône. Plume et bistre.

554 **Bartoloméo** (Ecole de Fra). La Vierge sur un croissant. Plume.

555 **Begyn** (Abraham). Le toudage des moutons. A la plume, lavé d'encre de Chine.

556 **Bella** (Steph. Della). Croquis à la plume. 3 dessins.

557 **Béranger** (Ant.). Chien couché. Encre de Chine et bistre.

558 **Berghem** (Nic.). Déchargement d'un bateau près d'une maison en ruines. Pierre noire. — Berger et bergère. Fac-simile d'une estampe, par Gérard. 2 dessins.

559 **Bibiena**. Paysage avec rochers. A la plume, lavé d'encre de Chine.

560 **Boissieu**. Ruines d'un monastère. A l'encre de Chine.

561 **Bonnefond** (Claude). Tête de Christ. Sépia.

562 **Boucher**. Tête de jeune Fille. Aux crayons rouge et noir.

563 — Tête de jeune Femme. A la sanguine.

564 — Les Amours forgerons. A la sanguine.

565 — Etudes de têtes et de mains d'enfants. A la pierre noire sur papier gris, rehaussé de blanc.

566 — Satan. Académie à la sanguine.

567 — La bouquetière. — Tête de Femme. — Enfant endormi. 3 dessins à la sanguine et aux deux crayons. 2 sont des contre-épreuves.

568 **Bouquet**. Paysage au pastel. Ovale en hauteur. Encadré.

569 **Bourgerin**. Vue de ville. A la plume.

570 **Brauwer** (Adrien). Le Charcutier. Plume, lavé d'encre de chine.

571 **Breughel** le vieux. Vue d'un village. A la plume.

572 **Breughel** (J.) dit de Velours. Marines. A la plume. 2 dessins.

573 — L'abreuvoir. Plume, lavé d'aquarelle.

574 **Burin**. La Médée. Plume et sanguine, lavé de sépia.

575 **Cabat** (Louis Nic.). Entrée de forêt. Crayon noir.

576 **Callot**. Gueux vu de dos. A la plume.

577 **Cambiaso** (Luc.) David vainqueur de Goliath. Plume et Sépia.

578 **Cangiage**. Frise d'amours. Plume et bistre.

579 — La Madeleine portée au ciel. Plume et bistre.

580 **Caravage** (Polidore de). Vases dans le goût antique. 3 dessins à l'encre de chine. Gravés.

581 — Nymphe entourée de figures diverses. Au bistre.

582 **Caresme** (Ph.). Le Cuvier. (Conte de La Fontaine). A l'aquarelle.

582 *bis* **Carrache** (Lucas). Le Christ flagellé. A deux tons sur papier bleu, rehaussé de blanc.

583 **Castiglione** (Benedette). Tritons et dieux marins. 3 dessins en forme de frises. Aquarelles.

584 — Saint en extase. A la plume, lavé de sanguine.

585 — Le bon pasteur. A l'aquarelle.

586 **Chamereno** (de). La Vierge assise sur un trône tenant l'enfant Jésus sur ses genoux, ils sont entourés d'anges et de saints. A la pierre noire.

587 **Chedel**. Vue de Dunkerque. A la mine de plomb sur peau de vélin.

588 **Claugstét**. Femme à cheval, traversant une rivière. A la plume.

589 **Cochin** (Ch. N.). Narcisse se mirant dans l'eau. Sanguine.

590 **Compté-Calix**, Composition pour Paul et Virginie. 2 dessins au fusain et à l'aquarelle.

591 **Corneille** (Michel). Sainte Cécile. Au crayon noir et à la sanguine.

592 **Corrège** (Le). Études de têtes d'enfants. Aux trois crayons sur papier de couleur.

593 **Cortone** (P. de). Amours soutenant un médaillon. Sanguine.

594 — Composition Mythologique. A la sanguine.

595 **Crespi** (Jean-Bap.). Deux Amours sur un fronton. Sanguine.

596 **Crespi** (Daniel). Hommes et Femmes combattant. Plume et sanguine.

597 **Cuyp** (Albert). Entrée d'un bois. Crayon noir.

598 **Dabbatelle** (T.) Combattants. Plume.

599 **D'Arpinas**. Une Sainte. Aux crayons rouge et noir.

600 **Daven** (Léon). Le Christ dans une gloire d'anges. A la plume.

601 **Decker**. Habitations au bord d'une rivière, que traverse un pont rustique. A la pierre noire.

602 **Delaroche** (Paul). Cosme de Médicis. Crayon noir et aquarelle.

603 — Le Soldat bouffon. Mine de plomb.

604 **Désandré** (Jules). La Batteuse de beurre. — La Gardeuse de vaches. A la mine de plomb sur papier teinté, rehaussé de blanc. Deux dessins.

605 **Desrais**. La Félicité villageoise. A la plume lavé d'encre de Chine.

606 **Dominiquin** (Le). Paysages à la plume. Trois dessins.

607 **Dubuff** (C.). La Musique et la Géométrie. Mine de plomb.

608 **Du Jardin** (Karel). Porte-de-Ville. Lavé à l'encre de Chine.

609 **Dusart** (Corneille). L'École. A la plume.

610 **Dyck** (Ant. Van). Esquisse pour trois portraits d'enfants. A la pierre noire.

611 **Ecole** espagnole. La Vierge et l'Enfant, apparaissant à un saint et une sainte. A la plume, lavé d'encre de Chine.

612 **Ecole** flamande. Les forgerons. Bistre.

613 **Ecole** française. Judith, tenant la tête d'Holopherne.

614 — Repos en Egypte. Deux compositions à la plume et au bistre.

615 — Diane chasseresse. Aquarelle.

616 — La Circoncision. A la pierre noire.

617 **Ecole** française du XVIIIe sièle. Buste d'homme de profil, lisant. Au bistre.

618 — Paysage, au premier plan une ferme. A l'encre de Chine.

619 — La Mélancolie. — Buste de femme, d'après l'antique. Deux dessins à la sanguine.

620 — Allégorie sur la bataille de Marengo. (Bas-relief). A plusieurs tons.

621 — Halte de Bohémiens. Plume et bistre.

622 — Sujets Mythologiques. 4 dessins à la plume, lavés de bistre.

623 — Paysage avec figures. Sépia.

624 — Deux compositions pour bas-reliefs. A l'encre de Chine et au bistre rehaussés de blanc sur papier bleu.

625 — Oui, nous voulons la guerre. Caricature à l'aquarelle.

626 **Ecole** française moderne. Le Buveur. — Le rendez-vous. 2 Charmantes petites compositions à l'encre de Chine.

627 — Portraits de Rubens, Lavoisier, Buffon, etc. 4 petits portraits à la sépia.

628 **Ecole** hollandaise. La laitière. Encre de Chine et bistre.

629 — Vue prise en Hollande. A l'encre de Chine. Signé des initiales P. V.

630 **École** italienne. Dieu porté par des Anges. A la terre de Sienne rehaussé de blanc.

631 — Combat de Cavaliers. A la plume, lavé de bistre.

632 — Jésus devant Pilate. 2 dessins à la plume et au bistre.

633 — L'Ecce homo. Au bistre rehaussé de blanc sur papier de couleur.

634 — Diogène. Sanguine.

635 — Assassinat d'un Roi. A la terre de Sienne, rhaussée de blanc sur papier gris,

636 — Jeune Femme, la main gauche appuyée sur un vase. Sépia rehaussée de blanc sur papier gris.

637 **Ecoles** flamande, française et italienne. 6 dessins.

638 **Everdingen**. Rochers au bord de la mer, aux pieds desquels sont plusieurs bateaux. Aquarelle.

639 **Fontenay** (Marquise de). Très-petit Paysage à la plume.

640 **Fragonard** (Honoré). Les deux Amants. Crayon noir et bistre.

641. **Fragonard** (Th). Hallebardiers. Aquarelle.

642 **Galliari** (Bernard). Façade d'une colonnade. A la plume, lavé d'encre de Chine.

643 **Gellée** (Claude). Marine. A la plume, lavé d'encre de Chine.

644 **Géricault** (Th.). Esquisse pour le radeau. A la mine de plomb.

645 — Chevaux de poste. Au crayon noir, lavé de sépia.

646 **Gialdin**. L'Ivresse de Silène. A la plume, lavé d'encre de Chine.

647 **Gillot**. Fontaine attenant à un mur de jardin. A la plume.

648 **Giordano** (Lucas). Suzanne et les vieillards. Plume et bistre.

649 — Judith et Holopherne. Bistre.

649 (*bis*) — L'Adoration des bergers. Au bistre.

650 **Goyen** (Van). La Kermesse. Beau dessin à la pierre noire, lavé d'encre de Chine. Signé.

651 **Granet**. Intérieur d'un souterrain où sont deux moines. Sépia et bistre.

652 **Gravelot**. Vignettes tirées du Nouveau Testament. 2 dessins à la plume, lavés d'encre de Chine. Gravés.

653 — Compositions funéraires. 2 dessins à la plume, lavées d'encre de Chine.

654 **Guerchin**. Trois dessins à la plume et la sanguine.

655 — Composition de plusieurs figures. Plume et Sépia.

656 — Vieillard et enfant. Très-joli croquis à la plume.

657 — Le Père éternel et son fils couronnant la Vierge. A la plume.

658 **Guerreno**. Le jeune Tobie et l'Ange. Sanguine.

659 **Heemskerk**. Académies d'hommes. — Le peintre, contre-épr. d'un beau dessin aux deux crayons. 2 dessins.

660 **Heusch** (Guillaume de). Marine, et paysageau verso. Bistre.

661 **Hove** (H.-Van). Intérieur hollandais. Aquarelle. Dessin capital.

662 **Hubert-Robert**. Bergère surprise par son amant. Aquarelle.

663 — Intérieur d'un parc. Crayon noir.

664 — Paysage à la sanguine.

665 **Huet**. Qui va là? A la mine de plomb, lavé de sanguine.

666 — Habitation villageoise. Pierre noire.

667 **Jeaurat**. Un Saint sur des nuages. A la sanguine.

668 **Jonking**. Maison avec arcades. Aquarelle.

669 **Jordaens** (Jacques). Étude académique d'un vieillard. Au crayon noir rehaussé de blanc sur papier jaune.

670 **Julien**. Buste de jeune fille. Au bistre.

671 **Junca**. Marine. A la mine de plomb.

672 **Kasteley** (J.). Deux portraits, Homme et Femme. Pierre noire sur peau de vélin. Signés.

673 **Kauffmann** (Ang). Jeune femme dans un parc. Crayon noir.

674 **Lafage** (Raymond). La Vierge et l'enfant. Trait à la plume.

675 **Lafargue** (Paul). Bords d'une rivière. A la plume.

676 **Lallemand**. Femme près d'un puits. Aquarelle.

677 **Lamonce** (Ferdinand de). La femme adultère. A la plume et au bistre.

678 **Lantara**. Moulin à eau. — Paysage au bord d'une rivière. 2 dessins à la pierre noire, sur papier bleu, rehaussés de blanc.

679 **Larue** aîné. Buste d'un garde francaise. A la sanguine.

680 **Le Barbier**. Buste de jeune femme que des nymphes entourent de guirlandes de fleurs. A la plume lavé d'encre de Chine.

681 **Lebrun** (Charles). Étude pour le Christ aux anges. A la sanguine sur papier gris, rehaussée de blanc.

682 — Étude pour un plafond. A l'encre de Chine rehaussée de blanc sur papier teinté.

683 **Lefèvre** (Roland). La Nativité. Sanguine et bistre.

684 **Lely** (Peter). Portrait de femme. A plusieurs crayons.

685 **Lemoine**. Bacchante. A la sanguine.

686 **Lempereur**. Vue d'un aqueduc. A l'aquarelle.

687 **Leprince**. La Marchande en plein-vent. Au bistre.

688 **L. F. D. B.** Adam et Ève retrouvant le corps d'Abel. — La famille d'Adam. 2 dessins à la sanguine.

689 **Liender** (Van). Paysage. Plume, lavé d'encre de Chine.

690 **Loir** (N. P.). Le veau d'or. A la plume, lavé d'encre de Chine.

691 **Loutherbourg**. Paysage au bord d'une rivière. Mine de plomb sur peau de vélin.

692 **Mag** (Jean). Combat de Gavaliers. — Cavaliers surpris par des brigands. A la plume, lavés d'encre de Chine. 2 dessins.

693 **Maïochi**. L'Ouragan. Paysage à la sépia.

694 **Manglard** (Adrien). Deux bateaux amarrés. Plume, lavé d'encre de Chine.

695 **Marilhat** (Prosper). Intérieur arabe. Mine de plomb.

696 **Marillier**. Célébration d'un mariage. A la plume, lavé d'encre de Chine.

697 — L'Invalide. Vignette in-8. A la plume, lavé de bistre.

698 **Meyer** (H.). Paysage avec figures. A la mine de plomb.

699 **Meyers**. Jésus guérissant les paralytiques. A la plume, lavé d'encre de Chine.

700 **Michel-Ange**. La création d'Adam. A la sanguine.

701 **Minorzi**. Temple d'Esculape, composition pour un plafond. Encre de Chine et aquarelle.

702 **Molenaer**. L'Hiver. Sépia.

703 **Munz**. Vaches sous un déversoir. Plume lavé de bistre et d'encre de Chine.

704 **Natoire**. Étude de Femme nue. Au crayon noir sur papier gris, rehaussé de blanc.

705 — L'Abondance. A la sanguine.

706 **Nattier**. Études de bras pour un portrait de femme. Au crayon noir sur papier gris, rehaussé de blanc.

707 **Nicolle**. Chaumière près d'un étang. Aquarelle.

708 — Château au bord d'une rivière. Aquarelle.

709 **Ostade** (D'après). La Famille. Mine de plomb, sur peau de vélin.

710 **Parmesan**. Vierge et Enfant. — Le Christ mort sur les genoux de la Vierge. 2 dessins. Sanguine.

711 **Parrocel**. Poste de soldats établi au bord de la mer. Au bistre.

712 — Chasse au Lion. A la plume, lavé d'encre de Chine.

713 — Sujets de batailles : 2 dessins à la plume et au bistre.

714 — Matin. — Soir. 2 dessins à la plume, lavés de bistre.

715 **Passeri** (Giuseppe). La Vierge et l'enfant Jésus apparaissant à deux Saints. Plume et sanguine.

716 **Penni** (Luc.). La Maternité. Au bistre sur papier de couleur, rehaussé de blanc.

717 **Pérignon**. Habitations aux pieds de montagnes. 2 dessins au bistre.

718 **Pernet**. Ruines d'un Temple. A l'aquarelle.

719 **Perrache** (Michel). Motif pour une fontaine. Au crayon noir, rehaussé de blanc sur papier jaune.

720 **Picart** (Bernard). Minerve assise sur des Trophées. A la plume, lavé d'encre de Chine.

721 — Vignette tirée de l'ancien Testament. A la plume, lavé d'encre de Chine.

722 **Pinelli**. Femme romaine dansant avec son amant. Aquarelle.

723 — Les Joueurs. Aquarelle.

724 — Le théâtre Guignol. Aquarelle.

725 **Ponti** (Jacques de), dit le vieux Basson. Les Vendanges. Plume et sépia.

726 **Potter** (Paul). Vache dans une prairie. Pierre noire.

727 **Poussin** (Nicolas). Incendie de la ville de Sodome. Au bistre.

728 — (D'après Nic.). L'extrême-onction. Sanguine.

729 — Jeune guerrier, cachant ses armes sous une dalle.

730 **Primatice** (Le). Deux têtes, homme et femme. 2 dessins à la plume.

731 — Bacchant et Satyre enfant. A la sanguine.

732 **Prud'hon**. La mort de Virginie. Au crayon noir sur papier gris, rehaussé de blanc.

733 — Vénus et l'Amour. Au crayon noir sur papier gris, rehaussé de blanc.

734 **Rabel**. Apollon et les Muses. A la plume, lavé d'encre de Chine.

735 **Ransonnette**. Aug. du Pille, lieutenant-colonel de cavalerie. Plume et encre de Chine. Gravé.

736 **Raphaël** (D'après). Notre-Dame à l'escalier. A la plume, lavé de bistre.

737 **Rembrandt** (Attribué à). La grande résurrection de Lazare. Au bistre.

738 **Romain** (Jules). Un guerrier dans une niche. Au bistre, sur papier de couleur, rehaussé de blanc.

739 — Les dieux de la fable. Grande composition au bistre.

740 **Roqueplan** (Camille). Vue d'un moulin, prise à Anvers. Mine de plomb.

741 **Rosso** (Le). Étude d'homme nu. A la sanguine.

742 **Rubens** (P.-P.). L'Enlèvement des Sabines, d'après Jules Romain. A l'aquarelle.

743 **Rue** (De La). Bacchanale d'enfants. Très-petit dessin en forme de frise, à la plume, lavé d'encre de Chine.

744 — Pastorales. 4 dessins à la plume, lavés de bistre.

745 — La Musique, l'Architecture et le Commerce. Frontispice. Au bistre.

746 **Saint-Aubin** (Aug. de). La Danse. Au bistre.

747 **Santerre**. Suzanne et les Vieillards. A la pierre noire, sur papier bleu, rehaussé de blanc.

748 **Schiavone**. Sainte Félicité. Plume et bistre.

749 **Schor** (Paul). Portrait de Jean-Baptiste Natali. A plusieurs crayons.

750 **Schouart**, de Munich. Le Calvaire. A la plume, lavé de sépia.

751 **Schut**. La Vierge et l'Enfant-Jésus sur des nuages. Plume et sépia.

752 **Sirani** (Élisabeth). La Circoncision. Plume et bistre.

753 **Solimène**, de Naples. Les trois Vertus théologales. Grisaille.

754 **Swebach-Desfontaines**. Le Troupeau à l'Abreuvoir. A l'aquarelle.

755 **Taunay**. L'Ouragan. A la sépia, sur papier gris, rehaussé de blanc.

756 **Titien** (Le). L'Adoration des bergers. Plume.

757 **Troyon** (C.). Études de Moutons. Au crayon noir, sur papier gris.

758 **Vanni** (Francesco). Saint-Jean debout. Plume et bistre.

759 **Velde** (W. van de). Vaisseau de guerre. A la plume, lavé d'encre de Chine.

760 **Vernet** (Joseph). Pêcheurs au bord de la mer. A la plume, lavé d'encre de Chine.

761 — Pêcheurs près d'un phare. Sépia.

762 **Vernet** (Carle). Étude pour la bataille de Marengo. Au bistre.

763 — Intérieur d'un parc. Sépia.

764 **Vernet** (Horace). Le Chevalier Bayard combattant. Sépia.

765 — Le Duel. Crayon noir.

766 **Véronèse** (Paul). La Vierge apparaissant à Saint-Georges. Plume et bistre.

767 **Vigée** (Louise). Lebrun. Portrait d'un jeune homme coiffé d'un chapeau orné d'une cocarde. Crayons noir et rouge.

768 **Watteau** (Ant.). Arabesque en hauteur. A la pierre noire.

769 **Weis** (Martin). La Cathédrale d'Anvers. A la plume, lavé d'encre de Chine.

770 **Wille** (P.-A.). Le Couronnement de la rosière. Croquis à la mine de plomb.

771 **Witt** (Jacques de). L'Hiver. Plume et bistre.

772 **Zampini.** Le Bucheron. Plume.

773 64 Dessins des Écoles flamande, française, italienne et hollandaise, seront vendus par lots.

---

774 Sous ce numéro, seront vendus les Portefeuilles de la collection, 41 Cadres passe-partout en bois blanc, 3 Cadres dorés.

Ves Renou, Maulde et Cock, imprs de la Compagnie des Commissaires-Priseurs, rue de Rivoli, 144. 31170

RED. :

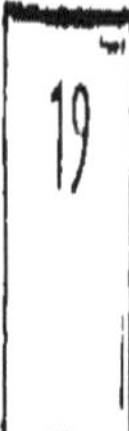
19

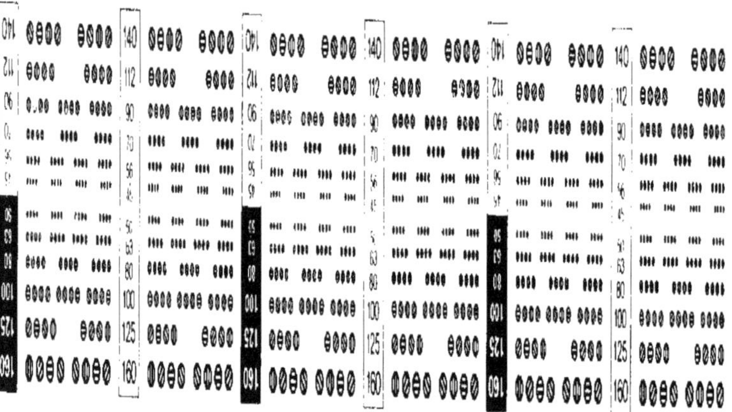

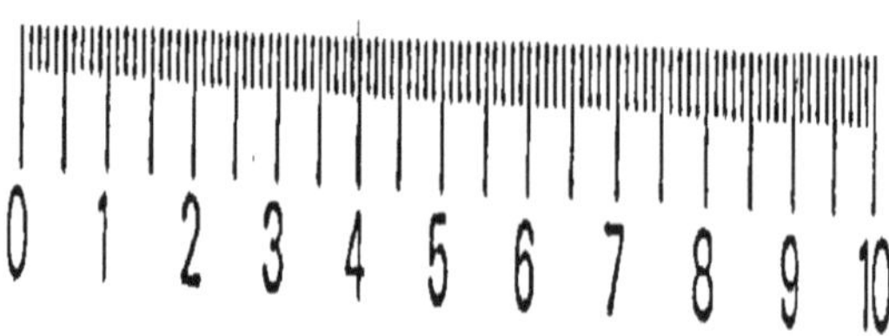
0 1 2 3 4 5 6 7 8 9 10

www.ingramcontent.com/pod-product-compliance
Ingram Content Group UK Ltd.
Pitfield, Milton Keynes, MK11 3LW, UK
UKHW021108270726
13993UKWH00006B/1493

9 782329 319209